청어詩人選 159

마침표의 환영

구진모 시집

청어

마침표의 환영

시인의 말

꿈꾸는 파도 같이
호흡하는 그 엷은 가슴 위로
새벽이 쏟아져 내릴 때

나 역시,
그 작은 몸뚱아리로 놓여져
요동치는 심장을 부여잡고
빛과 어둠의 경계를 빠져나가던 때가 있었음을
……떠올렸다.

어머니,
누군가의 딸로 태어나
누군가의 어머니가 된
수많은 그녀들 중 당신께서
시작도 끝도 집어삼킨
마침표의 환영에
이름을 새기었습니다.

구진모

차례

시인의 말

1부

2부

3부

1부

얼굴

뜨거운 철물을 천 번이고
담금질을 천 번이고 두드리면
묵묵한 얼굴 하나 드리울까만은
그 안에는 많은 목소리가 묻혀 있는 듯 했다
많은 믿음도 함께 묻혀 있는 듯 했다

두드릴수록 뭉개지지도 않아
더욱더 선명해지는…… 얼굴이
귀에 익은 낙엽 같고
눈에 익은 노을 같다

그 안에는
두드려야만 밖으로 드러나는
온기가 있는 듯 했다
무너질 때만이 비로소 온전해지는
무엇이 숨어있는 듯 했다

픽셀

강직했던 네모난 얼굴이
세월의 풍파에 검게 그을려
또, 뾰족해지었다

작은 핸드폰 화면 너머로 그간의 일들은
조각난 픽셀들처럼 갈 곳도 없어하더니
설치던 밤잠에까지 쫓아와
누가 먼저 할 것 없이 박혀버린다

이제는 할 말도 소리를 잃어
도마뱀의 잘려진 꼬리 같은
애잔한 몸부림뿐이지만
나는 언제고
그 애잔한 뒷모습이 귀에 걸려 있음을
애써 부정하지 않으련다

잠

바람에 잠이 들고
사슴이 어르는 손길에
슬며시 또 가느다란 잎새가 되고 싶다

나 역시……

하루

오랜 가뭄 끝
빈병 같은 하루가 지난다
뜨겁던 태양 한 점 담아내지 못한 채
그 위로 어둠이 내리게 하면
아무것도 섞이지 못한 채로
마른기침만 목에 걸린다

말만…… 말로만 무겁게 지어지는
고된 하루 끝에 손톱 끝이
헤져 붉어지니
아무 것도 잡히지 않더라

어느 하루 새의 뒷모습도 보고 싶었다
저녁 일곱 시가 되기 전에

나그네

갈 길 멀다 하고
가지 아니하였더니
해도 달도 걸음이 느려
세상이 온통 캄캄하였다
굽은 무릎 굳은 허리
일으켜 세우고
생견 같은 흙을 그제야 밟아 본다
전생에
너와 나는 한 몸이었을 것이다

수채화

나는 수채화이고자 했다
자꾸만 스며나는
붉은 것 파란 조각
여력이 남지 않았다
한마디 내뱉고는
죄책감이 물 위에 둥둥 떠가는 것을 바라본다
건져 올릴 용기가 없는 나는
수채화이고자 했다

새집

새집 걸리었다
바람 위에 뭉쳐진 한 점 그대로

우연을 엮다가 말았는지
주인이 없어라
밥 달라 우는 새끼 새도 없고
달도 한번 다녀가는 법이 없다

지켜보고 서 있는 이
나뿐인가 보다
갈 길 가야지
내 눈빛이 버거워
아무도 못 오는 거면 내 어쩔고

보금자리

작은 집 위에 큰 집
그 위에 작은 집
그 집 위에 또 큰 집
다시 위에 작은 집
짓다보면
땅에도 하늘에도 못 붙어 있는
보금자리 생긴다

비

피곤하게 헝클어져 있는 길 위에
하루도 그만큼 서성거렸던
마음을 내려놓으면
어젯밤마저 기억하지 못한
꿈의 한 이름 떠올려 본다

무거운 비가 내렸고
성난 무지개도 걸렸다
못난 마음이 오색찬란해서
다시 비가 쏟아지기를 바라기도 했다

이슬

깨어진 돌들 사이에
겨우 이슬 몇 방울이 자리를 잡았다
어두움이 가장 농축될 때
비로소 한 방울씩
네가 내리고 또 나도 내린다
씻기지 않아도 좋을 기억 위를 흐르다가
또 다른 흔적을 남기고 증발해 버린다

빈 마당

마당에 대문 열어 두었다
고무줄 뜀뛰는 소년도
두꺼비집 만들며 노는 소녀도
들어와 놀으라고
들 한켠 민들레 허리가 꺾여
하얀 즙 쏟지도 담지도 못하고
내보이면 아무도 없어라
텅 빈 마당에 대문 열어 두었다

하시마 섬 1

탄광으로
그림자가 끌려들어간 날이
2월 21일 그리고 11월 17일
뼈마디 드러난 몸
흰 누더기처럼 아슬아슬한 목숨줄을
오늘도 곡괭이질로 끊어나간다

콘크리트 하늘로는
억누를 수 없는 그리움
휘어가는 허리에 굽은 척추 한 점은
그 누구의 울타리가 되어주지 못한
생의 한스런 마침표가 되고

탄가루 얼룩진 공허한 비명이
바닥으로 툭툭 떨어진 자리에
그림자들도 하나 두울 스러져 가면
…… 그토록
그리워했을
흰 쌀밥 한 그릇만이 온전히 태워진다

눈

눈은 모두 녹아지어
강을 채워나갔다
바람이 뼈에 스미는 기분으로
흙이 돌이 되었다 다시 흙이 되어
바람 속에 사라져 버리는 기분으로……
봄 안개를 걸었으면 좋으련만
걷는 사람들이 새롭게 보인다
나무의 작은 떨림도

이름 석 자

목마름 자리에는 웃음꽃이 피는지라
흘려보내는 것에도
내 이름 석 자 새겨져 나를 부끄럽게 하였다
지나감에도 나는 말한 적 없다 했고
손톱 끝이 별개로 생긴 것처럼
그 어느 별에서 시작한 흙먼지가
내 등 뒤에 나뒹구는
또 지나간 시간이 되어버렸다

파도

파도가 밀려온다
저 낡은 골방 구석에서부터
식도를 타고 밀려 올라오는
파도가 목젖을 누른다
나는 눈이 충혈된다만은
그 익숙한 냄새에
코끝도 한번 찡긋한다
파도가 물러 간 자리는
괜히 쓰라려서
더 간절히 또 영원히
파도가 머무르기를
내심 바라기도 한다
저 목구멍 넘어에서부터
내 비릿한 핏빛 숨결이
파도의 이야기를 기억한다

연말

나무가 흘렀던 결이
흰 한지 위에 소리 없이 뭉쳐져 있다
파랗고 강한 하늘 한 점
굵고 검은 바람 한 선
그렇게 한 해를 마무리 하고
돌아선다

활

굽은 등이 활 같고
꽃 같고
마른 가지 끝 돌 같다
초점이 없는 나의 형태에
그림자조차 남지 않고 흩어지면
기둥도 전봇대도 기다란 솟대도
척추 어딘가에 깊이 심어 본다
그 아래 뿌리도 뻗고 잎이 자라고
꼿꼿한 허리로
먼 산 너머의 별도 보며
살았으면 좋겠다

아름다운 이름

나에게도 아름다운 이름들이 있다
봄 언덕에 흐르는 개나리
깨질 듯한 강물의 깨질 듯한 파란 하늘
높고 낮던 계곡들을 하나로 내달리던 노래
밤하늘에 고요히 흐느끼던 별빛
빛도 공기도 숨죽인 저 깊은 바다를 지키는 고래
그 아름다운 이름들이
내 눈물에 지워지고 다시 쓰여지기를……

진주

비릿한 눈물을
차곡차곡 쌓은
가슴의 응어리가
조개로서 진주를 갖게 하듯이

다듬어 지지 않은
무의미의 조각들이
뱉어지고 삼켜진 오늘,
난 내 온 근육을 토해 내어
너에게 줄 진주 한 알을
품어낸다

반짝이는 그것에서
너는 눈이 멀어버려라
환상을 보고
꿈을 꾸듯이
내 속살을 엿들어라

생살이 헤집힌 조개만이
진주를 내보이듯

살아서는 이해할 수 없는
암흑의 동거에서
기쁨이었고 또 슬픔이었던
그것에 맞춰
너는 춤을 추거라

무의미의 시간이 흐른다
오늘이 또 오려나 보다

섬

이 섬에서 저 섬으로
헤엄쳐 가는 것은,

아무도 없는 곳에
나를 반쯤 가라앉혀도
두렵다고 울지 않는 일이다

파도의 가느다란 고백에도
눈 돌리지 않고,
떨려오는 마음을 편 가르며
쉼 없이 두 팔을 휘젓는 일이다

엎드려 검은 바다를 마주하되
앞은 보지 못하면서
그렇게 어디론가 향해 가는 운명이라고,

늦은 깨달음을 삼키는 일이다

자책

아주 오래 전에 맡았던 꽃향기가
기억 너머의 어디로부터 전해져
눈앞에 디딤돌 널어둔다
숲을 가로지르다
난 그 디딤돌을 건너간다
구름이 발을 감싸오니
돌에 발을 디딘 것도 아니고
떼인 것도 아니다
발은 이미 흩어지고 없었다

가마

가마 하나 지었다
그 안으로 한 사람이 들어간다
가마가 무너진다
그 사람은 나오지 않는다
아니 숨어버렸다
아니 사라져버렸다
아니 그 안에서 흐르는 강에 발을 담그고
낚싯대 하나 띄워 놓았다

가마 안에는
고기가 물지도,
비가 오지도 않을 텐데,

가마 안에 가마를 지었나보다
웅크리고 앉으면 머리가 닿을 듯이
자그마한 가마 하나
또 지었나보다

아무것도 사라지지 않았다
아무도 숨은 것이 아니다

아침

해 나온 자리에
싹이 올라오듯
그 자리에 누워 웅크리듯
틔고 싶다
포근한 마른 잔디를 머리로 들고 나오면
코끝은 흙내로 마취 되어
온몸이 나른해지는 그런 아침
간밤의 꿈은 금이 가 깨어져도
거칠 것이 없는 그런 아침
차가운 공기와 뜨거운 체온이 역류하는
작은 틈새로 작은 기대가
새어 나오는 그런 아침을 맞이하고 싶다

성장통

지구와 태양이 달을 희롱하듯
잡았다 놓아주기를 반복하는 동안
나는 그 자장가에 잠이 들기를 몇 해
매달려 있는 것은 유독 끝나지 않는 것들뿐이었다
세월의 관성으로 밀린 자욱이 주름이 되어가고
떠나온 것에는 온통 마른 신경들이
거미줄 쳐 있다
돌고 돌다 돌아와 누운 곳은
밀림도 사막도 아니어서
안으로만 안으로만 가지 나있는
나의 성장통 어디쯤이다
쳐낼수록 그 허망함을 먹고 자라고
오래 될수록 더 선명해지는
나의 성장통이다

바람과 나무

내가 이곳을 지나는 운명으로
너를 흔든다
넌 아무런 변명도 없이,
익숙한 몸짓으로 나를 맞이하더라

라흐마니노프 피아노 연주 한 귀퉁이에,
네 입술 살포시 떨리듯이,
멀미하는 환영처럼
그렇게 나를 맞이하더라

나는 그간의 보고 들어버린 세상사를
가락 없이 읊조리며,
형태도 무게도 없는 내 골수 깊숙이
고독도 소외도 흘려버렸다

그렇게 어느 봄날,
나에게서 흔들리던 너의 순간은,
먼 길 돌아 지구 반대편
까만 추위에도 얼지 않더라

2부

완벽한 저녁

아카시아 향기가
미친 바람 치마폭에 싸여
불던 저녁
난 따귀라도 맞는 냥
기울어진 어깨를 하고서는
속 풀어헤친 강줄기에
뿌리라도 들린 듯이 집에 닿아
불볕 같은 번개 넘어
모래 언덕 어딘가에
누워 자는 상상을 하며
흐늘거리는 풀 같은 의식을
가늘게 널어 두었다

날이 밝고……

그것은 너에게도
진액을 토하며 바닥에 쓰러질 만큼
완벽한 저녁이었던가

1분

오후 3시 15분
허공에서 눈물을 추출하는 일은
저린 다리에 피가 통하는 것만큼
더딘 일이다
성숙한 심장에 노랫소리 멈추면
거의 다 끝나 간다는 신호
내가 쫓는 것인지 쫓기는 것인지 모를
그 시침의 그림자를
반쯤 감은 눈으로 바라보며
숨결의 반만,
체온의 반만 내어주겠다는
애매한 화해의 제스처 남기고,
이제는 돌아갈, 아니
다시 떠날 시간이다
오후 3시 16분……

풀벌레 누운 자리

타고 남은 심지 옆에 조용히 누워
남아있는 온기로 영혼을 덮힌다
가지런히 접은 다리 가슴에 모으고
내려앉은 그을음 위로
온통, 초록빛만 남기고 나는 없다

그가 내게 말한다
검게 덮을 수 없다면 푸르게 멍들어라
끝없이 날아오르며
온몸, 푸른 핏빛으로 물들지라도

그러다 보면
계절이 지고 모래가 피고,
꽃잎이 떨어지는지도 모르게
네 삶이 지은 숨결이
누군가의 심장에
그을음 대신 푸른 빛 길어 올린다

생(生)으로부터

바람이 검은 파도 일으켜
새도 날지 못하게 한 밤하늘
난 그 위에 작은 종이배 하나 띄웠다

아무 곳에도 정박하지 않고
어떠한 물결에도 흔들리지 않는
철들지 못한 뱃머리에도
그윽한 우주 한 점 내려앉았다

그 무게가 너무나 가벼워
시간은 그렇게 빨리도 흘렀나

허리 휜 달의 그림자 슬퍼도
검은 파도 위를 가르며 나아가는 작은 종이배가
땅의 끝도 하늘의 시작도 아닌 곳 어디쯤에서
밤하늘에게 귓속말 한다

'나는 갈 곳을 몰랐지만
너는…… 아름답구나'

축제의 밤

누에고치 같이 감긴 슬픔 틈새로
얼어붙은 멜로디가 흘러 들어오면
빛바랜 먼지도 생기 잃은 시간도
흐르다 멈춰 한바탕 쉬어간다

서로에게 내어 줄 뜨거운 무엇을 찾으려
텅 빈 동굴 헤매는 몸짓이
달빛에 춤추듯 흐늘거리면
뜨거운 건 눈물밖에 없어라 흥얼거린다

누구도 불 켜지 않았다고
무엇도 불 붙지 않았다고
아무도 원망하지도 아우성치지도 않는
이 축제의 밤
꺼진 초와 나는 어둠을 나눠 마신다

어디서 타다 남은 재가 된 열정이라도
한 움큼 구할 수 있다면
그래서 입 안 가득 삼켜버릴 수 있다면
그 열기로 증발된 내가
눈물로 흐를 수 있을 텐데……

초가 어둠으로 채워지는 나를 물끄러미 본다

오래된 기억

마른가지가
푸른 잎들 사이에서
반짝반짝 빛이 난다

눈물 머금었던 몸뚱아리
이제는 다 말라버려
썩지도 못하고 세월만 탓한다

하늘도 닿을 것 같고
땅도 닿을 것 같았던 지난날들이
늙은 아비 검은 팔뚝에 솟은 혈관 같은
곧은 기억들을 실어 나른다

하루는 짧은데
석양에 비친 그림자만
길어지는구나

멸치가 야무지게

멸치가 야무지게 말랐다

작은 몸뚱이 비틀어 품은
짠물 한 모금이
파도처럼 일렁이던
어느 날이 있었고

해풍이 몇 날을 속삭여도
고향 하늘 담긴 눈이
쉬이 감기지 않았던
어느 밤도 있었다

하루 저문 냄비 안에
그 하늘이 번진다
그리움이 한 번 끓어오르고
눈물이 한 번 솟았다 꺼지면
또 한 끼의 자장가

멸치가, 야무지게 나를 달랜다

가벼운 발걸음으로

가벼운 발걸음으로 와라
주저하지도 말고
젊어지지도 않는
선하고도 차갑게 얼었던
가벼운 발걸음으로

그림자 삼킨 어둠이
불 하나 올린 달의 노래에 맞춰
가벼운 발걸음으로 그렇게 와라

너를 마중 나가도
갈대숲은 외로워
흐르는 냇가의 물소리로도
감출 수가 없었다

재촉하지도 말고
두려워하지도 않는 맨발로
감히 뛰려 힘을 싣지도 않게
가벼운 발걸음으로

문 밖에……

문 밖의 세상은 온통 하얗습니다
밤사이 어둠이 조용히 갈아 놓은
시린 뼈들이 땅을 덮어버렸습니다

나는 저 문 밖으로
한 발 나가기가 두렵습니다
혹, 내 작은 발 아래
어둠이 내리고
나무가 거꾸로 자라면
난 쉬이 잠들 것 같지 않습니다

혹, 내 어리숙한 입김에
바람이 꺼지고 또 꽃이 지면
나는 쉬이 쉴 수 있을 것 같지 않습니다

나는 작은 웅덩이의 검은 물고기처럼
이 온통 하얀 세상에서
내 검은 테두리가 더 또렷해지지 못하게
열심히 지느러미를
흔들 겁니다만

자아

그것은 쉼 없이 흐르는 폭포수 같기도 했고,
비 젖은 가을 잎에 물들어 버린 손톱 끝 같기도 한 것이었다
보고 있으면 울렁거리는 가슴 한켠으로
가없은 산새들의 날갯짓 같기도 했다

새벽 흙냄새처럼 스치다가도
그것은 폐포 깊숙이 낮게 깔린 안개 같기도 했고,
길을 가다 문득 차가운 감옥에 발을 담그는 것처럼
순간 순간 불 밝혀야 하는 등과 같기도 했다

마른 가지 타 들어가는 소리 같다가
어스름한 새벽녘
물먹고 이슬 게워내는
풀잎 같기도 한 것이었다

겨울새

밟지도, 눕지도,
울지도, 서지도 않는 겨울새
가지 끝에서 가지 끝 이어 날다가
차고 푸른 해에 몸을 숨긴다
기다림이 한이 없어 울었던 삶이 아니다
꽃망울 터질 때 참았던 설움 쏟으며 떠나려고
그리 바람 삼키며 날았다

일상

어느덧 꽃병은 마른 꽃잎을 공기로써 진동한다

오늘까지 버티어낸 시간에
미련도 없는 듯
중력에 순종하며
비명 하나 없이 떨어진다

검푸른 꽃가지가 핏줄처럼 선명한데
머무는 것은 향기만은 아니니
오늘 하루 꽃이 보낸 일상이
허무만은 아니리라

회상 1

난 새를 걱정해 본 일이 없소
갈 길 모른다고, 먹을 것이 없다고, 어둑하다고,
부리가 성급하다고
바람이 태워가는 깃털 사이사이에
바다를 묻고,
하늘을 품은,
새를 걱정해 본 일이 없소
찢겨지고 닳아 흰 발톱이지만,
뒤돌아 걱정해 본 일이 없소

소독

그가 가슴에 북을 두어 번 울린 날에는
어김없이 얼굴을 가슴에 묻고
바다를 보러 간다

헤쳐진 미역, 성난 불가사리
돌아누운 물고기의 가쁜 숨을 따라
바람은 고요하게 냄새도 없어라

시절도 기억도 거칠게 역류하는 파도에
햇살이 소금 같이 부서지는 까닭으로
바다가 그리도 짠 모양이다

피부 아래 기지개 펴듯 번지는 염기로
온통 소독하고 돌아오는 길 위다

회전

거울 보듯 달 보고 나면
부끄러움 남아 있고
남아 있는 달무리는
기러기 무리 따라 흘러간다
흘러가는 바람이 차고 기울고
기울어 가는 구름이 차가워라
차가운 눈밭이 내 눈에 낯설고
낯설은 내가 거울에 있다

움틈

난 참 많이도 나를 잃어버려서
땅에 심어 본다

검푸른 초승달 같이 날이 서 있다가
고슬고슬한 흙에 밟히고 나서야
반달 같이 둥근 머리를 뒤로 덩그러니 뉘어 잠이 든다

어두운 밤하늘이 구름에 밝아지던 날이 오고
새가 난다
온몸의 틈새로 흐르는 물이
새벽 꽃잎 이슬에 봇물 터지듯 흐르고
눈을 뜬다

찰라

강물 위에
빛으로 한 줄 쓰니
순간 스스럼없이
저 강바닥 녹아 패이고 말더라

한 줄
새가 쫓길 수밖에 없었던 이유에 대하여……

그 새는 날지 않았다

강바닥에 새기고 그 위를 물로 흘러 덮으니
역사인지 미래인지 현재인지
구분이 안가는 모양새가
새 날갯짓을 닮았더라

회상 2

어제, 그리고 많은 생각이 났습니다
시내처럼 흐르던 기억의 자리는
바람으로도 쉽사리 메워지지 아니하였습니다
산 중턱 어딘가에, 가끔은 울기도 한다는 돌탑도
벌써 눈을 감았나 봅니다
나의 이마는 투박한 심장 소리를 흉내 내며
몇 번이고 단단한 뼈를 일으키려 합니다만
그것은 다행히도 새벽안개에 눌리어 있습니다
처마 밑에 고드름이 날선 어둠에 잘려 나가고
사나운 계절의 끝자락에서
또 아무렇지 않게 눈이 녹았습니다

첫 눈

눈송이 하나 헤매인다

한숨 섞인 입김이 어지러워서도
눈감은 바다의 검은 입이 두려워서도
죽음을 모르는 대지의 침묵이 낯설어서도 아니란다

흔들리는 마른 나뭇가지가 안쓰러워서
힘겨운 새의 날갯짓이 마음에 걸려서
외딴 돌멩이의 그림자가 쓸쓸해서란다

그럴 수 있다면,
따뜻한 모래밭에 반쯤 열린 조개껍데기의
입으로 내리고 싶을 게다
파도가 한소끔 밀려 들어와 다 사라지게 될
그 순간을 낮잠 자며 기다리는
꿈을 꾸고 있을 게다

옛 집터

빈 울음이 스치고 지나간다
돌덩이 한 무리가
아랫목 찾던 우리 식구 손등을 닮았다가
남남이 된다

꽃도, 빨랫줄도, 다람쥐도, 물고기도
이제는 다 스러져버린 집터에는
냉기 돌던 벽만 우두커니 서 있어
나는 그 앞을 한참이나 서성이었다

몇 점의 추억으로도 달래지 못한 허기마저
서툰 겨울바람의 차지가 되면
나는, 누구의 누구도 아닌 투명 인간이 되어
마음껏 울기로 한다

그 사내는 이름도 없다
그 사내는 그렇게 빈 울음이 된다

귀가

쉬운 이름이 하나도 없습니다

닳은 손마디도 없고
기다림이 없었던 낙엽도
마음이 급한 불빛도 없습니다

저마다 흔들리지 않게
손에 손을 뿌리 내리고
어두운 골목으로 바쁘게 돌아가는 저녁에는
나도 모르게 발끝에 한번 힘을 줍니다
혹여나 내일이 보드라운 솜털처럼
와 있나 하고 말이지요

하지만 나는 압니다
강을 건너기 전까지
비늘을 가져본 적이 없다는 것을요

겨울 밤

생각보다 우리에게는 낯선 냄새가 났고
요란한 소리도 들렸다
고된 발뒤꿈치가 이불에 쉰 소리를 토해내고
밖에는 찬 겨울바람이 불었다
그림자도 하나 두울 제자리를 찾아 땅에 묻히고 나면
내뱉은 숨은 누구의 것도 아닌 것이 되어 떨어진다

새벽의 눈맞춤

희고 푸른 선들이
한 올 한 올 엮이고
우리가 나누었던 숨결들이
알알이 박혀 열린 새벽
너는 보드라운 알몸에
비단옷 걸치고
나의 아득한 수평선을
간지럽힌다
졸리운 듯 황홀한 듯
사라져만 갈 때도
아련한 눈빛을 던지어
내 숨을 길어 올리고
다시금 이 새벽을
한 뼘 더 자라게 한다

3부

마른 입술

마른 입술에서는 아무 말도 새어 나오지 않았다
고개를 들어 올려다 본 기차 밖 풍경은
그만큼 나이를 또 먹었던가
삼킬 듯한 파도는 기억 속에서 침묵하고
묵직한 가슴 위에 또 깃털 같은 미련이 짓누른다
무엇을 기억이라 부를 만큼
난 그 어떤 다리도 건넌 적이 없다
마른 입술 위로는
날 선 냉소만이 번지는 법이다

길

집어삼킬 듯 달리는 도로
저 끝 너머에
붉은 연기 하나 피어오른다

습한 대기와 닿는 굽이굽이
괴로운 듯 황홀한 듯
휘감아 오르는 몸짓은
피고 나고 사그라짐에 대한
동경의 행위이다

어둠은 눈 먼 방관자에 불과하다
흰 눈이 하염없이 쏟아진다

나의 시간

나의 시간은
더운 지면 위에
낮게 깔린 아늑하고 답답한
조각들이다

걷어내어지지도
흘러가지도 않는 것들 말이다

마침표의 환영

하늘 높이
허상의 검은 점이 떠 있다
그것을 가까이 올려다보면
내 얼굴이 비추는 것 같기도 하다가
내 검은 눈동자와 한 데 뒤엉켜
경계가 없어지는 블랙홀이 된다

각막의 필터를 뒤집는다
하늘은 까맣고
점은 희어진다
세상은 반대로 도망치기 바쁘고
난 등 돌린 채
내 시간을 쏘아 올려
거기에 익사시켰다

강의 길

흰 목덜미 드러내며 잠든 사슴이
새벽녘 가르는 검은 까마귀와
한 숨결 나눠 마시는
그 봄 같은 모순의 길을

날 선 바위 온몸으로 쓸어내려
한데 뒤엉킨 내 피와 네 살점이
잉태한 생명의 뼈와 혼이 되는
날것 그대로의 길을

천년 소나무 등에 업고도 묵묵히 흐르다,
우연히 내려앉은 꽃잎 하나에 전율하며,
하루에 수천 번 색을 바꿀지언정
작은 손 한 움큼 안에서 투명해질
역설의 길을

이른 설움 알아버린 아이의 눈에 담기다,
노을 지는 늘그막이
내 고향 서해로 흘러들어
나도 너도 없이 하나 될

그 길을

나는 가고 싶다 강의 길을

깨진 유리창

금이 가 있는 완벽한 천체
불어오는 것도 불어 나가는 것에도
갈라진 틈 사이로 호흡하는 모든 흔적에
이름이 있다
조각을 세어 볼 필요는 없다
그림자를 드리우며 반짝반짝 빛이 나고
비가 몰아치면
따뜻한 액체도 흘러나온다
분열하는 순간에도 결합하는 순간에도 하나 되어
분열과 화합은 자명한 숙명이로다

금이 간 흔적을 따라
뜨거운 눈물이 흐를 권리가 있고
산산이 깨어져
또 다른 완벽함을 모아 맞출 의무도 있다

깨어진 유리창을
가장 높은 전망 좋은 곳에 걸어 둔다
금이 간 그대로 아름다운
완벽한 천체를 올려다본다

잠영

정수리 어디쯤에서
도움닫기를 하고서는
깊은 잠영을 시작한다
살얼음 같은 두개골을 지나
손끝에서 시작한 물컹하고 따뜻한 압력
숨이 막히고 심장이 미친 듯이 뛰고 난 후
깨닫게 되는 암흑 그리고 더 깊은 곳으로
빠져드는 잠영
내가 보고 싶은 것은 단 하나다
이 얇은 고막에 의지해서
그 많은 소음으로부터 나를 보호했던가
온몸을 이용해 눈에 닿는 이 어둠은
나의 그림자이던가
내가 가고 난 후의 발자취이던가

소년에서 소년으로

소년으로 태어나 소년으로 스러지기까지
내 머리 위를 날던 검은 그림자는
뭉툭한 칼날을 땅으로 심었다
자욱한 먼지를 나눠 삼키고
몇몇은 핏빛 침묵 속에 익사하고 말았다

내려앉는 검은 그림자가 눈꺼풀을 감는다
그 사이로 옅은 붉은 빛이 감돈다,
그것은 석양일 거라고 믿고 싶었다
내가 지금
다시 이 어둠에 녹아 스러지고 나면
모든 것을 집어 삼킬 석양

......

좁은 터널이 시작되는 목구멍에서
그 아래 심장까지는
너무도 쉽게 타들어 가는 끊어진 심지

증발되지 않는 두려움은
끝도 없이 심지를 적시고
영원히 타들어 가도 좋을
실크로드를 열어 준다

혀끝은 타는 심장을 닮지 않았고
심장에서 흘러나온 용암이
굳어버려 된 돌덩이가 혀임에도

급하게 경직된 혀는
쉽게 돌가루로 부서지고
오늘도 입은 무겁게 닫혀 있다

브로콜리 샐러드

나무 하나…… 나무 두 개만큼의 녹색이
입 안에서 오독 오독 부셔진다, 무너진다
식도를 간질이듯
손이 닿지 않는 머리칼을 살짝 넘겨주듯
넘어가 버리는 브로콜리 샐러드

푸르름을 가장한 미묘한 믿음이
저 마음 밑바닥부터 깔리기 시작하면
두터운 이불로 묵직한 바위로 화해서
허한 속을 달래주는
브로콜리 샐러드

창살 없이도 갇혀 있는 뇌에게
비타민도 주고
푸르름의 달콤함도 주길 바란다
새로운 것을 말할 수 있는 혀도
그리고 한 발이 부끄럽지 않은 걸음도
선사하길 바란다

잘게 썰린 브로콜리가
입안에서 차고 넘치고 그렇게
밀물 썰물이 넘실대고
다시 말라 버린 잇몸에서 푸르름도 향기도 사라질 때 즈음
나에게서 숙청당해 있던
영광의 윤곽들을 살아나게 하고
또 사라지게 해 다오

엉켜버린 자화상

내 앞에 내가 서 있다
그 뒤에, 그리고 그 옆으로
또 다른 내가 서 있다

어떤 나는
다른 나의 귀만 보고 슬프다 한다
그 뒤의 나는
검은 뒤통수 너머로 보이는
나의 이마만 보고 웃기다 한다

그 사이 또 다른 내가
눈을 질끈 감아버린다
감긴 눈을 보고 있으니
어쩐지 서운한 마음이 들어
나는 그만 눈물을 보인다

고구마 새순

붉은 고구마 새순이
밑바닥의 물부터 빨아올려 들인 힘으로
한 뼘 자랐다

모두가 손을 놓아버린
그런 순간에서 조차 그 마음을
쪼개어 버리고 있었다고
나 또한 생각한다

굽이진 마디가 어서 빨리 쇠하여
땅으로 녹아가는 노을에 비친
그의 얼굴만 보고 싶은 때가 있다

움트게 하는 것에
곱디고운 하얀 재를 뿌리고
고요한 숨소리만이 오가는 때에
그의 얼굴만을 가만 만지고 싶은 때가 있다

아버지

밤낮의 양면을 쉽게 뒤집어 놓으면
살얼음 같은 내 심장의 이면이 보인다
그 안,
겨울잠 자는 듯한 그의 하루하루가 깨어난다
가슴을 움츠러들게 하는 세월의 날카로움은
항상 그 앞에서 스쳐가는 듯하다
침묵도 약에 쓰려면 모자라서
그간의 내가 또 몹시도 미워만진다
어디를 내어줄까 고민하다가
고즈넉한 달빛이 좋겠다는 꿈을 꾸는 오늘
이 밤이 지나고 나면
또 다시 일상으로 덮어버리고
그리움도 자라지 못하게 할런지
아버지, 당신에게 목이 메는 까닭은
이미 자연스러워진 내 죄의 탓입니다

기도

조용히 기도한다
아무것도 가슴속에 죽지 아니하였다고,
죽이지 않았다고 말이다
일찍이 눈물 흘리지도
새장을 가지지도 못했는데
이제와 스러져 나릴 것도 없는데 말이다
조용한 서성거림으로 노을을 흔들어 본 적 있다면
그 침묵의 목소리도 달콤할 수 있음을 말이다
슬퍼할 것 하나 없이 흘러가는 강물처럼
어떠한 것도 죽은 적 없어서
두려워하지도 않는……

뒤웅박 고을

뒤웅박 고을은
우리 엄마처럼
마음씨 고운 처자들이 많이 산다

단정한 검은 치마 입고
바지런히 앉은 장독들이
멀리 산도 보고 하늘도 보듯이

달이 환희 비추는 밤
미련도 품었다 삭히며
주름이 곱게 익어가는 장독처럼

뒤웅박 고을에는
우리 엄마처럼
발등이 보드라운 처자들이 산다

아픈 꽃

가장 무른 땅을 골라 자라는
아픈 꽃이 있다

너무 진한 향기에
눈이 멀어 버려서
입가만 창백하게
물이 얼어 버렸다

더 깊이 파고드는 때는
꽃이 고개를 떨구는 날이다

안으로 무너뜨리는 집요한 생기가
결국 꽃을 아름답게 하고야 만다

비가 와서 모두 다 사려져 버리는 때에도
아픈 꽃은 가장 무른 땅을 골라 자란다

어린 아이 신발

작은 어린 아이 신발은
한 번도 자란 적이 없다
먼지가 앉아 내리지도 않을
새하얀 과거 같다
헐벗은 발은
그 안에서 쉬지도 못하고
서성거릴 뿐
굽어버린 한켠
자라지도 못한다
주름만 짙어진다

아부지는

아부지는 나무 같소
산바람에 마음을 내어 주고는
왜 그리 고요하시오

가끔 오는 빗줄기에
제 뿌리까지 흐느낀 양
왜 그리 마른 손등뿐이오
산새가 와 지저귀어도 외롭소
그 맘 몰라주고 또 삼십 년
난 그만 애가 닳는 바위가 된다오

아부지는 나무 같소
그 푸르름이 내 철없던 시절과
떠나버린 뒤지만
저 하얀 설산에 흔들리지 않는
아부지는 나무 같소

호수에서

엄마들은 아이들을 돌보느라
쉴 틈이 없고
나로부터는
뜨거운 것이 흘러내리기에 빈틈이 없다

땅에 기대어 비가 수직으로 떨어지는 것도
솟구치는 것도 바라보며
공허라고 이름 지을 것도
아닌 일들을
회상해 본다
기다림이라 들었던 말들을
떠나보낸다

한 줄

이런 때는 시라도 한 줄 적어야겠다
밤낮 없이 불던 바람이
풀섶을 헤쳐 떠나던 날
그 위에 아무렇지 않은 맨발이
소리 없이 디디던 때

쉬이 잠들지 않는 것
누구나 품고 사는 거라 했다
지그시 눌러 보는 손끝에
마음 한켠이 초라하게 묻어나올 때
나는 시라도 한줄 적어야겠다

밤

가슴에 하얀 달을 품은지도
며칠 밤이 지났다
손끝에 흐르는 눈물이 얼음으로 맺힌
그날 밤도 지났다

우리는 쉽게 기다림을 이야기 했는지도 모른다
무엇을 위해 우는지 모르는 새처럼
다투어가며 바라본 곳에는 하늘이
있을지도 모르겠다

길을 잃는 것에도 빛나는 순간들이
알알이 박혀있고
멎을 듯한 어둠에도 작은 소리로 피는
흐르듯이……

그렇게 여러 밤이 흐르고 난 후에
난 그 어느 작은 마을에서 시작된
작지만 아름다운 노래를
부르고 싶다

난 너를

난 너를 그리워 하고 있는 듯하다
파도가 밀려들어와
모래사장을 빗어 넘기고 간
그 노을 지는 백사장을 그리워하듯
너를 그리워하고 있다

난 너를 원하고 있는 듯하다
목구멍에 피맛이 번져가던 어린 시절
운동장 한 가운데서 그 먼 미래를 원하듯
난 너를 원하고 있는 듯하다

어디에 있는지
누구인지도 모르는 너를
이토록 애틋하게 가슴은 잠들지를 않는구나
나에게 자장가를 불러다오

봄

온몸이 부풀어 올랐다
꺼지는 상상을 반복하며
수많은 밤들을 보내고 나면
앞선 발걸음에 툭 하니 차이는 너다
살면서 미련이라고는 단 한 번도 느껴 본 적 없듯이
한사코 거절하며 뒤돌아 앉은 내 가슴이
강어귀에 나풀거리는 기억들 같다

오늘

허공으로 낙하하는 수만 개의 미련이
무심하게,
머리칼 끝에서 말라가던 때도 지나고
오늘 너를 품에 안고 난 지금
온전하게 하루가 갔음을
감사해 한다

저녁

나에게서 떨어져 나온
형체 잃은 파편들은 더 이상
내가 아닌 것으로
나를 무심히 바라보는 시선 속에
스스로 저물어 가는 날숨들 같아라

느낌도 맛도 저림도 들뜸도 없이
글 한 줄 적지 못하는 노트의 어두운 한 구석에서
이름 없는 공룡의 뼈에 얼굴을 묻는다

바람은 방향을 묻지 않고
소리 내어 울지 않은 것에는
미련을 두지 않더라

누이

거미줄 쳐진 누이의 폐는
나에게는 분명 슬픈 풍경
온통 죄책감으로 치장되어 온 시간들을
다시 또 들추어 펼쳐 내고는
한 올 한 올 수를 놓으며 말라 가던
따가운 흔적
우리 어릴 때는 바람도 파도도 바다도
모두 아무의 편도 아니었는데 누이,
모래 언덕을 하나 두울 넘어 가고 우리는 누이,
돌아가는 길을 잃은 건 아닌지
그런데 누이,
난 아직도 그 작은 신발을 신고 있어요

정전

이방인 같은 바람이
나무의 머리채를 쥐고 흔들다가
이른 어둠을 맞이하더라

덮어 쓰고 있던 그림자가 그 어둠에 녹아들고
길고 긴 터널로 걸음을 옮긴다
앙상해진 기억들이 하나둘 숨을 거두어 갈 때쯤
지독하게 슬프지도 않고
지독하게 그립지도 않은 그 감정의 경계 어디쯤에
몸을 눕힌다

우주에 존재하는 수많은 진짜 별들과
무수한 그 별들의 그림자가 내 몸 위로 쏟아져 내리더라
나는 순간 고요한 호수에서 선택되어진 무의식이 된다
사치스러운 진통제가 혈관 속 어딘가를 질주하는
부끄러움도 잠시
고요하게 흔들리는 촛불 속으로 모두 빨려 들어갔다

가을비가 뿌리를 적셔 들어가도
마음은 쉽게 자라날 줄을 몰랐다
녹이 슬고 이끼가 낀 담장들만이
켜켜이 자리를 차지하고는
조금씩 게으른 화해만을 해 나갈 뿐이다

아름다운 것들은
시작될 틈도 없이 끝나 버린 것은 아닌지
아니면 너무 멀리 떠나와 버린 것은 아닌지

안개

흐느끼는 것들에도
지나간 자욱이 남는 것일까
현기증이 나도록 안개를 불어 내고
비좁은 틈 사이 나 하나를 밀어 넣으며
나는 안도한다
내가 보이지 않는다는 사실에
안개가 짙어 주었으면 하는 바람에
삼키지도 내뱉지도 않게
저 멀리 굽은 나뭇가지 끝이
보이지 않는다는 생각에

번데기

날이 서 있는 껍질 안은
포근한 암흑에 날카롭게 사로잡혀 있다
어디로 향해 가고 있는지
보이지 않는 발끝은 때때로 무료한 움직임을 계속한다
꿈으로 범벅이 된 것 같은 밤들도
서늘한 얼굴들이 침묵 속에 겹쳐져 있는
숲속에서도
날들은 지속된다

절벽 어디

거기 그대로 푸른 혈관을
드러내놓은 너는
홀로 하루를 꾸역꾸역 집어 삼켜 온
나로 하여금
먼지처럼 낙하하게 하였다
삶의 무게는 무중력 속으로 빨려 들어가
손끝에서 뭉개져 버리는 흙덩이만큼이나
스스로 무너져 내리는 몸부림이
아름답기까지 했다
나는 다시금 어린 아이가 되어
자궁 속으로 밀려 올라가
너의 그 푸른 현관으로
숨을 쉬고 꿈을 꾸고 싶다는 생각을
잠깐 하기도 했다

피의 온도

피의 온도가 일이 도쯤
떨어지고 나면 기억은 그 냄새를 쫓아
수십 년 전 맛보았던 혀 끝 어디쯤을 더듬는다
푸른 보리밭에서 태어난 나는
붉은 햇살 아래에서 증발해 사라진 후
그 누군가의 뺨에 눈물이 되어 돌아왔다

할머니

그녀의 작은 방 어디엔가
내 사진 한 장쯤은 걸려있기를 바래본다
하루 종일 켜져 있을지도 모르는 텔레비전도
언제부터 볼 필요가 없어진 무료한 벽시계도
하얀 콘크리트 벽을 데우고 사라지는
무성의 파장들 사이에서
아주 가끔, 내 목소리 섞여 울려 퍼지길 바래본다

진한 피가 두 번 산을 넘고
눈물과 서러움, 다시없을 가슴 벅참이
기나긴 들판을 또 건너 이어준 그녀와 나 사이에서
흰 쌀밥에 알싸한 짠지 김치가
여인숙 모기장 사이를 넘실거리던 여름 바람이 태어났다

그녀는 시간을 삼킨 대가로 그곳에 있고
난 아직 토해 낼 어리광이 남아
이 시를 쓴다

망각으로의 산책

유난히 웃풍이 센 집에서 자랐다
마음 모난 구석은 풍화작용으로 깎여 나갔는지
어느 누구도 아무렇지 않은
진공 포장지 속 세상을 본 적도 있다
햇살은 굴절되어 비춘지 오래고
바람에 휜 허리는 그대로 부드럽다
자, 자, 이제 신발끈을 고쳐 메고
누군가의 망각 속으로 걸어 들어갈 채비를 한다
그리고 나는 이제 깊은 골짜기 어딘가에서
마른 나뭇가지와 젖은 풀섶들에게 입을 맞출 것이다
한 손으로는 내 어린 것의 궁둥이를 문지르고
다른 한 손으로는 모닥불을 피워 올려서는
늦은 가을 밤 하늘에 닿으려 한다

너 1

너는 생각에 잠기었더라
아주 오래 된 습관인 것처럼
그 고요함이 나에게 전달되어서는
안개처럼 내려앉다가
눈처럼 녹아 내렸다
이미 바람은 방향을 바꾸어 불고,

너의 아름다움은 특별한 것이라
우리는 이미 물들어 버렸다

너 2

심장이 연결된 우리
너는 바다에 살고 있다
그것은 내가 어느 잠결에
헤매이고 다니었던
작은 꿈의 샛길에서 본 적이 있는 듯하다

가느다란 우연들이
한순간 우리를 이곳에 묶어 놓은 것일까
너는 바다에 살고 있다

미완성

검은 밤하늘 아래로 달이 흐른다
수억 년 동안 미약한 숨결들을
어루만져진 달의 얼굴이
오늘따라 더욱더 말갛기만 하다
충분히 덜 익을 수 있었다
혀끝에 풀 발라버리 듯 오롯이 떫은맛으로
휘영청 빛나버릴 수도 있었고,
이렇게 어설픈 어른이 되기 전에
덜 아랑곳 했어야 했다

미완성 된 인연들이
무성히도 흩날릴 때
나는 더욱더 나의 결을 다듬어 가야 했다

다시

다시 시를 쓰기로 했다

작은 숨길들이 지나 다니는 폐포 속
반짝이는 붉은 알들을 세어 보다가
반나절의 피곤이 내려앉은
앞머리를 쓸어 올렸다

밤은 오고,
바람은 낮은 언덕배기를
배로 밀고 올라간다
더디던 몸짓들이 천천히 모여들어
불길 속에 화려했던 낮의 그림자를
활활 불태우는 시간

다시 나는 시를 쓰기로 했다

마침표의 환영

구진모 지음

발 행 처 · 도서출판 청어
발 행 인 · 이영철
영   업 · 이동호
홍   보 · 이용희
기   획 · 천성래
편   집 · 방세화
디 자 인 · 이해니 , 이수빈
제작부장 · 공병한
인   쇄 · 두리터

등   록 · 1999년 5월 3일
(제321-3210000251001999000063호)

1판 1쇄 인쇄 · 2018년 12월 10일
1판 1쇄 발행 · 2018년 12월 20일

주소 · 서울특별시 서초구 효령로55길 45-8
대표전화 · 02-586-0477
팩시밀리 · 02-586-0478

홈페이지 · www.chungeobook.com
E-mail · ppi20@hanmail.net
ISBN · 979-11-5860-610-7(03810)

이 도서의 국립중앙도서관 출판시도서목록(CIP)은 서지정보유통지원시스템 홈페이지
(http://seoji.nl.go.kr)와 국가자료공동목록시스템(http://www.nl.go.kr/kolisnet)
에서 이용하실 수 있습니다.(CIP제어번호: CIP2018040062)